Seix Barral, un sello editorial de Editorial Planeta, S. A.
Avda. Diagonal, 662-664, 08034 Barcelona (España)
www.seix-barral.es
www.planetadelibros.com

La primera edición de esta obra se publicó en Editorial Seix Barral, S. A., en 1977

Edición: Darío Oses y Mario Verdugo

Diseño: Isabel de la Fuente

Primera edición: noviembre de 2024
ISBN: 978-84-322-4414-8
Depósito legal: B. 18.409-2024
Composición: Realización Planeta
Impresión y encuadernación: Gómez Aparicio
*Printed in Spain* - Impreso en España

PABLO NERUDA

# Veinte poemas de amor

## y una canción desesperada

Edición conmemorativa
100 años

Seix Barral Biblioteca Breve

# Los veinte poemas

*Entre los árboles* (Tony Johannot, 1858: grabado que aparece en el libro de Jacques-Henri Bernardin de Saint Pierre. *Paul et Virginie*. París: L. Curmer. Página 54).

# 1

Cuerpo de mujer, blancas colinas, muslos blancos,
te pareces al mundo en tu actitud de entrega.
Mi cuerpo de labriego salvaje te socava
y hace saltar el hijo del fondo de la tierra.

Fui solo como un túnel. De mí huían los pájaros
y en mí la noche entraba su invasión poderosa.
Para sobrevivirme te forjé como un arma,
como una flecha en mi arco, como una piedra en mi
  honda.

Pero cae la hora de la venganza, y te amo.
Cuerpo de piel, de musgo, de leche ávida y firme.
Ah los vasos del pecho! Ah los ojos de ausencia!
Ah las rosas del pubis! Ah tu voz lenta y triste!

Cuerpo de mujer mía, persistiré en tu gracia.
Mi sed, mi ansia sin límite, mi camino indeciso!
Oscuros cauces donde la sed eterna sigue,
y la fatiga sigue, y el dolor infinito.

*Romeo y Julieta* (Frank Bernard Dicksee, 1884).

# 2

En su llama mortal la luz te envuelve.
Absorta, pálida doliente, así situada
contra las viejas hélices del crepúsculo
que en torno a ti da vueltas.

Muda, mi amiga,
sola en lo solitario de esta hora de muertes
y llena de las vidas del fuego,
pura heredera del día destruido.

Del sol cae un racimo en tu vestido oscuro.
De la noche las grandes raíces
crecen de súbito desde tu alma,
y a lo exterior regresan las cosas en ti ocultas,
de modo que un pueblo pálido y azul
de ti recién nacido se alimenta.

Oh grandiosa y fecunda y magnética esclava
del círculo que en negro y dorado sucede:
erguida, trata y logra una creación tan viva
que sucumben sus flores, y llena es de tristeza.

*Troilo y Crésida, acto V, escena II* (Luigi Schiavonetti, 1795).

# 3

Ah vastedad de pinos, rumor de olas quebrándose,
lento juego de luces, campana solitaria,
crepúsculo cayendo en tus ojos, muñeca,
caracola terrestre, en ti la tierra canta!

En ti los ríos cantan y mi alma en ellos huye
como tú lo desees y hacia donde tú quieras.
Márcame mi camino en tu arco de esperanza
y soltaré en delirio mi bandada de flechas.

En torno a mí estoy viendo tu cintura de niebla
y tu silencio acosa mis horas perseguidas,
y eres tú con tus brazos de piedra transparente
donde mis besos anclan y mi húmeda ansia anida.

Ah tu voz misteriosa que el amor tiñe y dobla
en el atardecer resonante y muriendo!
Así en horas profundas sobre los campos he visto
doblarse las espigas en la boca del viento.

*Sir Tristán y la bella Isolda bebiendo la poción de amor* (Dante Gabriel Rossetti, 1862: es un vitral de un conjunto de trece paneles hechos por Morris, Marshall, Faulkner & Co. para Walter Dunlop).

# 4

Es la mañana llena de tempestad
en el corazón del verano.

Como pañuelos blancos de adiós viajan las nubes,
el viento las sacude con sus viajeras manos.

Innumerable corazón del viento
latiendo sobre nuestro silencio enamorado.

Zumbando entre los árboles, orquestal y divino,
como una lengua llena de guerras y de cantos.

Viento que lleva en rápido robo la hojarasca
y desvía las flechas latientes de los pájaros.

Viento que la derriba en ola sin espuma
y sustancia sin peso, y fuegos inclinados.

Se rompe y se sumerge su volumen de besos
combatido en la puerta del viento del verano.

# 5

Para que tú me oigas
mis palabras
se adelgazan a veces
como las huellas de las gaviotas en las playas.

Collar, cascabel ebrio
para tus manos suaves como las uvas.

Y las miro lejanas mis palabras.
Más que mías son tuyas.
Van trepando en mi viejo dolor como las yedras.

Ellas trepan así por las paredes húmedas.
Eres tú la culpable de este juego sangriento.

Ellas están huyendo de mi guarida oscura.
Todo lo llenas tú, todo lo llenas.

Antes que tú poblaron la soledad que ocupas,
y están acostumbradas más que tú a mi tristeza.

Ahora quiero que digan lo que quiero decirte
para que tú las oigas como quiero que me oigas.

El viento de la angustia aún las suele arrastrar.
Huracanes de sueños aún a veces las tumban.
Escuchas otras voces en mi voz dolorida.
Llanto de viejas bocas, sangre de viejas súplicas.
Ámame, compañera. No me abandones. Sígueme.
Sígueme, compañera, en esa ola de angustia.

Pero se van tiñendo con tu amor mis palabras.
Todo lo ocupas tú, todo lo ocupas.

Voy haciendo de todas un collar infinito
para tus blancas manos, suaves como las uvas.

*El paso del torrente* (Tony Johannot, 1858: grabado que aparece en el libro de Jacques-Henri Bernardin de Saint Pierre. *Paul et Virginie*. París: L. Curmer. Página 51).

# 6

Te recuerdo como eras en el último otoño.
Eras la boina gris y el corazón en calma.
En tus ojos peleaban las llamas del crepúsculo.
Y las hojas caían en el agua de tu alma.

Apegada a mis brazos como una enredadera,
las hojas recogían tu voz lenta y en calma.
Hoguera de estupor en que mi sed ardía.
Dulce jacinto azul torcido sobre mi alma.

Siento viajar tus ojos y es distante el otoño:
boina gris, voz de pájaro y corazón de casa
hacia donde emigraban mis profundos anhelos
y caían mis besos alegres como brasas.

Cielo desde un navío. Campo desde los cerros.
Tu recuerdo es de luz, de humo, de estanque en calma!
Más allá de tus ojos ardían los crepúsculos.
Hojas secas de otoño giraban en tu alma.

*El encantamiento de Merlín* (Edward Burne-Jones, 1872-1877).

# 7

Inclinado en las tardes tiro mis tristes redes
a tus ojos oceánicos.

Allí se estira y arde en la más alta hoguera
mi soledad que da vueltas los brazos como un náufrago.

Hago rojas señales sobre tus ojos ausentes
que olean como el mar a la orilla de un faro.

Solo guardas tinieblas, hembra distante y mía,
de tu mirada emerge a veces la costa del espanto.

Inclinado en las tardes echo mis tristes redes
a ese mar que sacude tus ojos oceánicos.

Los pájaros nocturnos picotean las primeras estrellas
que centellean como mi alma cuando te amo.

Galopa la noche en su yegua sombría
desparramando espigas azules sobre el campo.

# 8

Abeja blanca zumbas —ebria de miel— en mi alma
y te tuerces en lentas espirales de humo.

Soy el desesperado, la palabra sin ecos,
el que lo perdió todo, y el que todo lo tuvo.

Última amarra, cruje en ti mi ansiedad última.
En mi tierra desierta eres la última rosa.

Ah silenciosa!

Cierra tus ojos profundos. Allí aletea la noche.
Ah desnuda tu cuerpo de estatua temerosa.

Tienes ojos profundos donde la noche alea.
Frescos brazos de flor y regazo de rosa.

Se parecen tus senos a los caracoles blancos.
Ha venido a dormirse en tu vientre una mariposa de
sombra.

Ah silenciosa!

He aquí la soledad de donde estás ausente.
Llueve. El viento del mar caza errantes gaviotas.

El agua anda descalza por las calles mojadas.
De aquel árbol se quejan, como enfermos, las hojas.

Abeja blanca, ausente, aún zumbas en mi alma.
Revives en el tiempo, delgada y silenciosa.

Ah silenciosa!

*El beso* (Francesco Hayez, 1859).

# 9

Ebrio de trementina y largos besos,
estival, el velero de las rosas dirijo,
torcido hacia la muerte del delgado día,
cimentado en el sólido frenesí marino.

Pálido y amarrado a mi agua devorante
cruzo en el agrio olor del clima descubierto,
aún vestido de gris y sonidos amargos,
y una cimera triste de abandonada espuma.

Voy, duro de pasiones, montado en mi ola única,
lunar, solar, ardiente y frío, repentino,
dormido en la garganta de las afortunadas
islas blancas y dulces como caderas frescas.

Tiembla en la noche húmeda mi vestido de besos
locamente cargado de eléctricas gestiones,
de modo heroico dividido en sueños
y embriagadoras rosas practicándose en mí.

Aguas arriba, en medio de las olas externas,
tu paralelo cuerpo se sujeta en mis brazos
como un pez infinitamente pegado a mi alma
rápido y lento en la energía subceleste.

*La primavera* (Pierre Auguste Cot, 1873).

# 10

Hemos perdido aun este crepúsculo.
Nadie nos vio esta tarde con las manos unidas
mientras la noche azul caía sobre el mundo.

He visto desde mi ventana
la fiesta del poniente en los cerros lejanos.

A veces como una moneda
se encendía un pedazo de sol entre mis manos.

Yo te recordaba con el alma apretada
de esa tristeza que tú me conoces.

Entonces, dónde estabas?
Entre qué gentes?
Diciendo qué palabras?
Por qué se me vendrá todo el amor de golpe
cuando me siento triste, y te siento lejana?

Cayó el libro que siempre se toma en el crepúsculo,
y como un perro herido rodó a mis pies mi capa.
Siempre, siempre te alejas en las tardes
hacia donde el crepúsculo corre borrando estatuas.

# 11

Casi fuera del cielo ancla entre dos montañas
la mitad de la luna.
Girante, errante noche, la cavadora de ojos.
A ver cuántas estrellas trizadas en la charca.

Hace una cruz de luto entre mis cejas, huye.
Fragua de metales azules, noches de las calladas luchas,
mi corazón da vueltas como un volante loco.
Niña venida de tan lejos, traída de tan lejos,
a veces fulgurece su mirada debajo del cielo.
Quejumbre, tempestad, remolino de furia,
cruza encima de mi corazón, sin detenerte.
Viento de los sepulcros acarrea, destroza, dispersa tu
    raíz soñolienta.
Desarraiga los grandes árboles al otro lado de ella.
Pero tú, clara niña, pregunta de humo, espiga.
Era la que iba formando el viento con hojas iluminadas.
Detrás de las montañas nocturnas, blanco lirio de
    incendio,
ah nada puedo decir! Era hecha de todas las cosas.
Ansiedad que partiste mi pecho a cuchillazos,
es hora de seguir otro camino, donde ella no sonría.

Tempestad que enterró las campanas, turbio revuelo
de tormentas
para qué tocarla ahora, para qué entristecerla.

Ay seguir el camino que se aleja de todo,
donde no esté atajando la angustia, la muerte, el invierno,
con sus ojos abiertos entre el rocío.

*Amantes bajo un paraguas en la nieve* (Suzuki Harunobu, 1769).

# 12

Para mi corazón basta tu pecho,
para tu libertad bastan mis alas.
Desde mi boca llegará hasta el cielo
lo que estaba dormido sobre tu alma.

Es en ti la ilusión de cada día.
Llegas como el rocío a las corolas.
Socavas el horizonte con tu ausencia.
Eternamente en fuga como la ola.

He dicho que cantabas en el viento
como los pinos y como los mástiles.
Como ellos eres alta y taciturna.
Y entristeces de pronto, como un viaje.

Acogedora como un viejo camino.
Te pueblan ecos y voces nostálgicas.
Yo desperté y a veces emigran y huyen
pájaros que dormían en tu alma.

*En la cama: el beso* (Henri de Toulouse-Lautrec, 1891).

# 13

He ido marcando con cruces de fuego
el atlas blanco de tu cuerpo.
Mi boca era una araña que cruzaba escondiéndose.
En ti, detrás de ti, temerosa, sedienta.

Historias que contarte a la orilla del crepúsculo,
muñeca triste y dulce, para que no estuvieras triste.
Un cisne, un árbol, algo lejano y alegre.
El tiempo de las uvas, el tiempo maduro y frutal.

Yo que viví en un puerto desde donde te amaba.
La soledad cruzada de sueño y de silencio.
Acorralado entre el mar y la tristeza.
Callado, delirante, entre dos gondoleros inmóviles.

Entre los labios y la voz, algo se va muriendo.
Algo con alas de pájaro, algo de angustia y de olvido.
Así como las redes no retienen el agua.
Muñeca mía, apenas quedan gotas temblando.
Sin embargo, algo canta entre estas palabras fugaces.
Algo canta, algo sube hasta mi ávida boca.
Oh poder celebrarte con todas las palabras de alegría.
Cantar, arder, huir, como un campanario en las manos
    de un loco.

Triste ternura mía, qué te haces de repente?
Cuando he llegado al vértice más atrevido y frío
mi corazón se cierra como una flor nocturna.

# 14

Juegas todos los días con la luz del universo.
Sutil visitadora, llegas en la flor y en el agua.
Eres más que esta blanca cabecita que aprieto
como un racimo entre mis manos cada día.

A nadie te pareces desde que yo te amo.
Déjame tenderte entre guirnaldas amarillas.
Quién escribe tu nombre con letras de humo entre las estrellas del sur?

Ah déjame recordarte cómo eras entonces, cuando aún no existías.

De pronto el viento aúlla y golpea mi ventana cerrada.
El cielo es una red cuajada de peces sombríos.
Aquí vienen a dar todos los vientos, todos.
Se desviste la lluvia.

Pasan huyendo los pájaros.
El viento. El viento.
Yo solo puedo luchar contra la fuerza de los hombres.
El temporal arremolina hojas oscuras
y suelta todas las barcas que anoche amarraron al cielo.

Tú estás aquí. Ah tú no huyes.
Tú me responderás hasta mi último grito.
Ovíllate a mi lado como si tuvieras miedo.
Sin embargo alguna vez corrió una sombra extraña por
tus ojos.

Ahora, ahora también, pequeña, me traes madreselvas,
y tienes hasta los senos perfumados.
Mientras el viento triste galopa matando mariposas
yo te amo, y mi alegría muerde tu boca de ciruela.

Cuánto te habrá dolido acostumbrarte a mí,
a mi alma sola y salvaje, a mi nombre que todos
ahuyentan.
Hemos visto arder tantas veces el lucero besándonos los
ojos
y sobre nuestras cabezas destorcerse los crepúsculos en
abanicos girantes.
Mis palabras llovieron sobre ti acariciándote.
Amé desde hace tiempo tu cuerpo de nácar soleado.
Hasta te creo dueña del universo.

Te traeré de las montañas flores alegres, copihues,
avellanas oscuras, y cestas silvestres de besos.

Quiero hacer contigo
lo que la primavera hace con los cerezos.

*Orphée ramenant Eurydice des enfers* (Jean-Baptiste-Camille Corot, 1861).

# 15

Me gustas cuando callas porque estás como ausente,
y me oyes desde lejos, y mi voz no te toca.
Parece que los ojos se te hubieran volado
y parece que un beso te cerrara la boca.

Como todas las cosas están llenas de mi alma
emerges de las cosas, llena del alma mía.
Mariposa de sueño, te pareces a mi alma,
y te pareces a la palabra melancolía.

Me gustas cuando callas y estás como distante.
Y estás como quejándote, mariposa en arrullo.
Y me oyes desde lejos, y mi voz no te alcanza:
déjame que me calle con el silencio tuyo

Déjame que te hable también con tu silencio
claro como una lámpara, simple como un anillo.
Eres como la noche, callada y constelada.
Tu silencio es de estrella, tan lejano y sencillo.

Me gustas cuando callas porque estás como ausente.
Distante y dolorosa como si hubieras muerto.
Una palabra entonces, una sonrisa bastan.
Y estoy alegre, alegre de que no sea cierto.

*Rosa celeste: Dante y Beatriz contemplan el cielo más alto, el Empíreo*
(Gustave Doré, 1892).

# 16

*Paráfrasis a R. Tagore*

En mi cielo al crepúsculo eres como una nube
y tu color y forma son como yo los quiero.
Eres mía, eres mía, mujer de labios dulces,
y viven en tu vida mis infinitos sueños.

La lámpara de mi alma te sonrosa los pies,
el agrio vino mío es más dulce en tus labios,
oh segadora de mi canción de atardecer,
cómo te sienten mía mis sueños solitarios!

Eres mía, eres mía, voy gritando en la brisa
de la tarde, y el viento arrastra mi voz viuda.
Cazadora del fondo de mis ojos, tu robo
estanca como el agua tu mirada nocturna.

En la red de mi música estás presa, amor mío,
y mis redes de música son anchas como el cielo.
Mi alma nace a la orilla de tus ojos de luto.
En tus ojos de luto comienza el país del sueño.

# 17

Pensando, enredando sombras en la profunda soledad.
Tú también estás lejos, ah más lejos que nadie.
Pensando, soltando pájaros, desvaneciendo imágenes,
enterrando lámparas.
Campanario de brumas, qué lejos, allá arriba!
Ahogando lamentos, moliendo esperanzas sombrías,
molinero taciturno,
se te viene de bruces la noche, lejos de la ciudad.

Tu presencia es ajena, extraña a mí como una cosa.
Pienso, camino largamente, mi vida antes de ti.
Mi vida antes de nadie, mi áspera vida.
El grito frente al mar, entre las piedras,
corriendo libre, loco, en el vaho del mar.
La furia triste, el grito, la soledad del mar.
Desbocado, violento, estirado hacia el cielo.

Tú, mujer, qué eras allí, qué raya, qué varilla
de ese abanico inmenso? Estabas lejos como ahora.
Incendio en el bosque! Arde en cruces azules.
Arde, arde, llamea, chispea en árboles de luz.
Se derrumba, crepita. Incendio. Incendio.

Y mi alma baila herida de virutas de fuego.
Quién llama? Qué silencio poblado de ecos?
Hora de la nostalgia, hora de la alegría, hora de la soledad,
hora mía entre todas!

Bocina en que el viento pasa cantando.
Tanta pasión de llanto anudada a mi cuerpo.

Sacudida de todas las raíces,
asalto de todas las olas!
Rodaba, alegre, triste, interminable, mi alma.

Pensando, enterrando lámparas en la profunda soledad.
Quién eres tú, quién eres?

# 18

Aquí te amo.
En los oscuros pinos se desenreda el viento.
Fosforece la luna sobre las aguas errantes.
Andan días iguales persiguiéndose.

Se desciñe la niebla en danzantes figuras.
Una gaviota de plata se descuelga del ocaso.
A veces una vela. Altas, altas estrellas.

O la cruz negra de un barco.
Solo.
A veces amanezco, y hasta mi alma está húmeda.
Suena, resuena el mar lejano.
Este es un puerto.
Aquí te amo.

Aquí te amo y en vano te oculta el horizonte.
Te estoy amando aún entre estas frías cosas.
A veces van mis besos en esos barcos graves,
que corren por el mar hacia donde no llegan.

Ya me veo olvidado como estas viejas anclas.
Son más tristes los muelles cuando atraca la tarde.
Se fatiga mi vida inútilmente hambrienta.
Amo lo que no tengo. Estás tú tan distante.

Mi hastío forcejea con los lentos crepúsculos.
Pero la noche llega y comienza a cantarme.
La luna hace girar su rodaje de sueño.
Me miran con tus ojos las estrellas más grandes.
Y como yo te amo, los pinos en el viento,
quieren cantar tu nombre con sus hojas de alambre.

*La Belle Dame sans Merci* (John William Waterhouse, 1893).

# 19

Niña morena y ágil, el sol que hace las frutas,
el que cuaja los trigos, el que tuerce las algas,
hizo tu cuerpo alegre, tus luminosos ojos
y tu boca que tiene la sonrisa del agua.

Un sol negro y ansioso se te arrolla en las hebras
de la negra melena, cuando estiras los brazos.
Tú juegas con el sol como con un estero
y él te deja en los ojos dos oscuros remansos.

Niña morena y ágil, nada hacia ti me acerca.
Todo de ti me aleja, como del mediodía.
Eres la delirante juventud de la abeja,
la embriaguez de la ola, la fuerza de la espiga.

Mi corazón sombrío te busca, sin embargo,
y amo tu cuerpo alegre, tu voz suelta y delgada.
Mariposa morena dulce y definitiva,
como el trigal y el sol, la amapola y el agua.

# 20

Puedo escribir los versos más tristes esta noche.

Escribir, por ejemplo: «La noche está estrellada,
y tiritan, azules, los astros, a lo lejos».

El viento de la noche gira en el cielo y canta.

Puedo escribir los versos más tristes esta noche.
Yo la quise, y a veces ella también me quiso.

En las noches como esta la tuve entre mis brazos.
La besé tantas veces bajo el cielo infinito.

Ella me quiso, a veces yo también la quería.
Cómo no haber amado sus grandes ojos fijos.

Puedo escribir los versos más tristes esta noche.
Pensar que no la tengo. Sentir que la he perdido.

Oír la noche inmensa, más inmensa sin ella.
Y el verso cae al alma como al pasto el rocío.

Qué importa que mi amor no pudiera guardarla.
La noche está estrellada y ella no está conmigo.

Eso es todo. A lo lejos alguien canta. A lo lejos.
Mi alma no se contenta con haberla perdido.

Como para acercarla mi mirada la busca.
Mi corazón la busca, y ella no está conmigo.

La misma noche que hace blanquear los mismos árboles.
Nosotros, los de entonces, ya no somos los mismos.

Ya no la quiero, es cierto, pero cuánto la quise.
Mi voz buscaba el viento para tocar su oído.

De otro. Será de otro. Como antes de mis besos.
Su voz, su cuerpo claro. Sus ojos infinitos.

Ya no la quiero, es cierto, pero tal vez la quiero.
Es tan corto el amor, y es tan largo el olvido.

Porque en noches como esta la tuve entre mis brazos,
mi alma no se contenta con haberla perdido.

Aunque este sea el último dolor que ella me causa,
y estos sean los últimos versos que yo le escribo.

# La canción desesperada

Emerge tu recuerdo de la noche en que estoy.
El río anuda al mar su lamento obstinado.

Abandonado como los muelles en el alba.
Es la hora de partir, oh abandonado!

Sobre mi corazón llueven frías corolas.
Oh sentina de escombros, feroz cueva de náufragos!

En ti se acumularon las guerras y los vuelos.
De ti alzaron las alas los pájaros del canto.

Todo te lo tragaste, como la lejanía.
Como el mar, como el tiempo. Todo en ti fue naufragio!

Era la alegre hora del asalto y el beso.
La hora del estupor que ardía como un faro.

Ansiedad de piloto, furia de buzo ciego,
turbia embriaguez de amor, todo en ti fue naufragio!

En la infancia de niebla mi alma alada y herida.
Descubridor perdido, todo en ti fue naufragio!

Te ceñiste al dolor, te agarraste al deseo.
Te tumbó la tristeza, todo en ti fue naufragio!

Hice retroceder la muralla de sombra,
anduve más allá del deseo y del acto.

Oh carne, carne mía, mujer que amé y perdí,
a ti en esta hora húmeda, evoco y hago canto.

Como un vaso albergaste la infinita ternura,
y el infinito olvido te trizó como a un vaso.

Era la negra, negra soledad de las islas,
y allí, mujer de amor, me acogieron tus brazos.

Era la sed y el hambre, y tú fuiste la fruta.
Era el duelo y las ruinas, y tú fuiste el milagro.

Ah mujer, no sé cómo pudiste contenerme
en la tierra de tu alma, y en la cruz de tus brazos!

Mi deseo de ti fue el más terrible y corto,
el más revuelto y ebrio, el más tirante y ávido.

Cementerio de besos, aún hay fuego en tus tumbas,
aún los racimos arden picoteados de pájaros.

Oh la boca mordida, oh los besados miembros,
oh los hambrientos dientes, oh los cuerpos trenzados.

Oh la cópula loca de esperanza y esfuerzo
en que nos anudamos y nos desesperamos.

Y la ternura, leve como el agua y la harina.
Y la palabra apenas comenzada en los labios.

Ese fue mi destino y en él viajó mi anhelo,
y en él cayó mi anhelo, todo en ti fue naufragio!

Oh sentina de escombros, en ti todo caía,
qué dolor no exprimiste, qué olas no te ahogaron.

De tumbo en tumbo aún llameaste y cantaste
de pie como un marino en la proa de un barco.

Aún floreciste en cantos, aún rompiste en corrientes.
Oh sentina de escombros, pozo abierto y amargo.

Pálido buzo ciego, desventurado hondero,
descubridor perdido, todo en ti fue naufragio!

Es la hora de partir, la dura y fría hora
que la noche sujeta a todo horario.

El cinturón ruidoso del mar ciñe la costa.
Surgen frías estrellas, emigran negros pájaros.

Abandonado como los muelles en el alba.
Solo la sombra trémula se retuerce en mis manos.

Ah más allá de todo. Ah más allá de todo.

Es la hora de partir. Oh abandonado!

# *Veinte poemas de amor y una canción desesperada*, un libro universal

Darío Oses

## Los *Veinte poemas...* y la tradición del amor en Occidente

«He terminado aquí mi nuevo libro, *Veinte poemas de amor y una canción desesperada...*», escribía el joven Pablo Neruda, el 14 de febrero de 1924, desde Puerto Saavedra, en carta al poeta uruguayo Carlos Sabat Ercasty. Con este punto final se iniciaba el milagro de un libro escrito por un estudiante provinciano, bohemio, pobre y poco afortunado en el amor. Con el tiempo este muchacho se convirtió en un poeta universalmente consagrado, y este libro, escrito a los diecinueve años, en uno de los poemarios más leídos, publicados y traducidos en el mundo.

El mismo Pablo Neruda, en 1960, escribió para la edición del primer millón de ejemplares: «Por un milagro que no comprendo, este libro atormentado ha mostrado el camino de la felicidad a muchos seres. ¿Qué otro destino espera el poeta para su obra?».

Neruda alude también a la autonomía que cobraron sus poemas, en una anotación que hizo en el ejemplar n.º 1 de la magnífica edición, ilustrada por Mario Toral, de 1970: «Sobreviven los versos que se quedaron escritos en el aire. Se hicieron azules, invisibles como campanadas, se llenaron de nubes, conversaciones, polvareda. Aquí están mis primeros versos de aire y de amor: ni yo mismo los puedo borrar: no soy dueño del aire».

El siglo XX avanzaba. Con la Primera Guerra Mundial se habían venido abajo viejas sensibilidades, autoridades y jerarquías. Los amantes ya no suspiraban con la poesía romántica. Necesitaban otras formas de amarse y de hablarse: una voz que nombrara al cuerpo y sus desasosiegos eróticos. Y de pronto, en el sur del mundo, en un país que toca el polo meridional de la tierra, apareció esa voz.

La poeta española Angelina Gatell señala que *Veinte poemas...* fue el libro que vino a desplazar, en las letras hispanas, a la voz poética del romanticismo y tardorromanticismo: las populares *Rimas*, de Gustavo Adolfo Bécquer y la no menos popular poesía de José de Espronceda.

René de Costa indica que, en su época juvenil, «Neruda no poetizó el amor, sino el sexo». Y como en ese tiempo los sectores conservadores consideraban al erotismo como una ofensa, los *Veinte poemas...* tuvieron algo de desacato y liberación.

Alfredo Cardona Peña escribe que este libro «fue no solamente la revelación de un gran poeta, sino el nacimiento de una emoción que rompía los moldes usuales».

Volodia Teitelboim apunta que Neruda «dio un libro de cabecera, una especie de secretario de los amantes, una colección de declaraciones amorosas a muchos adolescentes». Así los pretendientes aprendían estrofas de memoria para decirlas a sus amadas y también las copiaban en sus cartas.

Hernán Loyola califica a los *Veinte poemas...* como «el libro de poesía más auténticamente popular del siglo XX». Agrega: «No hay que olvidar que este milagro de la cultura contemporánea fue producido por un muchacho que aún no cumplía veinte años».

Jorge Edwards señala que este libro llegó a convertirse en un «mito colectivo», que solo puede compararse en esa condición de mito con los tangos de Gardel o con los boleros más populares de los años treinta y cuarenta. Agrega, sin embargo, que hoy los *Veinte poemas...* ya son historia, que las parejas actuales se aman al compás de otros ritmos. Recomienda, sí, cierta cautela: «los versos conservan, a pesar de todo, su magia secreta, contagiosa y peligrosa».

## Los *Veinte poemas...* en la tradición de la lírica del amor

**********************

Los *Veinte poemas...* se inscriben en la tradición de la literatura del amor en Occidente que se inicia, según Octavio Paz, con el poema «La hechicera», escrito por Teócrito en el primer cuarto del siglo III a. C. Comienza con una invocación a la luna, el cuerpo cósmico que junto a la noche y la tierra se identifican con lo femenino, y que tiene importante presencia en la poesía amorosa de Neruda. Así, por ejemplo, en el «Poema 18» de los *Veinte poemas...* escribe: «Aquí te amo. / En los oscuros pinos se desenreda el viento. /

Fosforece la luna sobre las aguas errantes». Y más adelante: «Mi hastío forcejea con los lentos crepúsculos. / Pero la noche llega y comienza a cantarme. / La luna hace girar su rodaje de sueño».

A menudo la luna se asoma también en la canción popular: «La luna que nos miraba / se hizo un poquito desentendida. / Y cuando la vi escondida / me arrodillé pa besarte / y así entregarte ¡Ay! / Toda mi vida» («María bonita», de Agustín Lara. Canción dedicada a María Félix).

Otro tópico —al que alude Teócrito— es aquel de la mujer seductora como hechicera, y a la indefensión del hombre frente al poder de sus sortilegios. Amor y poesía van íntimamente unidos. Los amantes requieren darle forma, a través de la palabra, a ese estado misterioso y desconcertante que va desde la exaltación soberana hasta el sufrimiento y desengaño totales. El amor es plenitud y desdicha. Es la conquista de un paraíso siempre inestable, y luego de la expulsión de ese mismo edén. Así, la expectativa del amor eterno se convirtió en la utopía más recurrente de los seres humanos, al menos en la cultura occidental.

El mismo Neruda se refiere a sus *Veinte poemas...* como un «libro atormentado». Y el cierre de este poemario es una «canción desesperada» en la que el mismo poeta se autorrepresenta como un «abandonado». Ahí están las sombras del amor.

## La invención del amor en Occidente

**********************

En el siglo XI aparecen las jarchas mozárabes, composiciones poéticas breves, cuyos temas eran quejas amorosas de mujeres. Se hace presente aquí el reclamo amoroso como lamento a causa del olvido, el engaño, el abandono y otros de los muchos motivos del desamor. Se establece así la expresión del amor con dos caras: la celebración, por una parte, y el dolor, por la otra. Desde entonces esta polaridad se manifestará no solo en la poesía, sino también en la canción, en el melodrama, en el cine y en muchas otras formas de la cultura popular. La alternancia de la ilusión seguida del desengaño es una constante que reaparece porfiadamente en nuestras narrativas.

Denis de Rougemont anota:

> Amor y muerte, amor mortal: si no es toda la poesía, es al menos todo lo que hay de popular, todo lo que hay de universalmente emotivo en nuestras literaturas; tanto en nuestras más bellas leyendas como en nuestras más bellas canciones. El amor feliz no tiene historia. Solo el amor mortal es novelesco; es decir, amor amenazado y condenado por la propia vida.

Agrega Rougemont que lo que exalta la lírica occidental no es «la paz fecunda de la pareja» sino la pasión, «y pasión significa sufrimiento». Historias míticas como la de Tristán e Isolda se autocalifican como relatos «de amor y de muerte». También de adulterio.

Porque la figura del amor en Occidente es la del triángulo. Todo gran amor debe tener un obstáculo insalvable. El amor de Lanzarote con Ginebra encuentra el gran obstáculo de su esposo, el rey Arturo, cuyo caballero favorito es Lanzarote. El amor de Tristán por Isolda choca contra el rey de Irlanda, esposo de Isolda y tío de Tristán.

El origen de toda la poesía europea está en los trovadores provenzales del siglo XII, que exaltaban el amor desdichado: el amor que enfrenta un obstáculo infranqueable. El joven Neruda vivió esa experiencia al enamorarse de Terusa, una de las musas de los *Veinte poemas...* Ella le correspondió, pero su familia consideraba al poeta como un muchacho pobre, que no tenía pasado ni futuro, y se opuso a la continuación de aquella relación.

Los tópicos del llamado «amor cortés» que cultivan los trovadores provenzales son la entrega total e incondicional a una dama inalcanzable por la cual el enamorado pierde su libertad y cordura y rinde a su dama una adoración casi religiosa, a cambio de la cual solo puede esperar que ella le muestre fugazmente su desnudez.

La asociación consagrada de Eros con Tánatos: amor y muerte se proyectará en los grandes relatos de amor como *Romeo y Julieta* y *La dama de las camelias*.

En la poesía amorosa prerrenacentista que se recopila a partir del siglo XV en cancioneros populares se advierte el protagonismo de la mujer: bocas femeninas recitaban versos cargados de un erotismo fresco y desinhibido.

Parte de la poesía que venía cantándose por siglos en las romerías y fiestas estacionales de campos y pueblos permaneció por mucho tiempo en la memoria colectiva, pero solo una parte fue recopilada en cancioneros. Sin embargo, esta lírica perduró en autores como Juan Ruiz, el arcipreste de Hita, y la visión terrenal y hedonista de su *Libro del buen amor*, donde se funden la erudición y la cosmovisión popular. Otros poetas cultos como Lope, Góngora y, posteriormente, García Lorca y Alberti incorporaron a su obra poética los motivos de aquella lírica erótica popular y anónima.

Ya a principios del siglo XV, la hazaña guerrera fue desplazada, en el relato popular, por la aventura amorosa, la tristeza por el amor perdido y la trágica asociación del amor con la muerte.

## El Renacimiento

El Renacimiento redescubre la gloria del cuerpo desnudo a través de la evocación de las figuras de la mitología clásica. En la poesía de autores como Petrarca reaparece el tópico del amor vinculado con la desdicha, pero no por esto deja de ser sublime. Muchas veces los padecimientos que ocasiona el amor son los que lo hacen sublime. No se excluye en esta poesía un toque de erotismo. Del gran clásico latino Virgilio los poetas renacentistas toman el ambiente bucólico, que no es solo un escenario, un *locus amoenus,* sino un espejo del alma enamorada. Así, por ejemplo, las églogas de Garcilaso despliegan el esplendor de la conjunción del amor y la naturaleza.

Encontramos esta unión de lo bucólico, la naturaleza, el amor y el dolor, en la génesis de *Veinte poemas...* al que Neruda describe como «un libro doloroso y pastoril que contiene mis más atormentadas pasiones adolescentes, mezcladas con la naturaleza arrolladora del sur de mi patria». Agrega el poeta que le ayudaron a escribir su libro el río Imperial, sus muelles y su desembocadura, y que el panorama de este poemario «son siempre las aguas y los árboles del sur». Relata también el poeta que en un bote abandonado leyó la extensa novela de Romain Rolland, *Juan Cristóbal,* y escribió la «Canción desesperada» con la que se cierran los *Veinte poemas...*, y añade:

> Encima de mi cabeza el cielo tendía un azul tan violento como jamás he visto otro. Yo escribía en el bote, escondido en la tierra. Creo que nunca he vuelto a ser tan alto y tan profundo como en aquellos días. Arriba el cielo azul impenetrable. En mis manos *Juan Cristóbal* o los versos nacientes de mi poema. Cerca de mí todo lo que existió y siguió existiendo para siempre en mi poesía: el ruido lejano del mar, el grito de los pájaros salvajes, y el amor ardiendo sin consumirse como una zarza inmortal.

Este «amor ardiendo» estaba tanto en el poema que escribía como en el libro que leía —*Juan Cristóbal*—, que, en su primera parte, trata de los atormentados amores adolescentes del protagonista. Entonces el joven poeta padecía los desengaños del amor adolescente, especialmente por la distancia de

Albertina Rosa, que se convertiría en la musa principal de los *Veinte poemas...*

## El Barroco

*************************

El alma barroca, llena de claroscuros, revela su visión al mismo tiempo gloriosa y atormentada del amor. Este contraste se advierte en la poesía de uno de los autores favoritos de Neruda: Francisco de Quevedo. Para Quevedo solo el amor es capaz de vencer a la muerte. En su célebre poema «Amor constante más allá de la muerte» escribió:

> Alma a quien todo un dios prisión ha sido,
> venas que humor a tanto fuego han dado,
> medulas que han gloriosamente ardido,
>
> su cuerpo dejará, no su cuidado;
> serán ceniza, mas tendrá sentido;
> polvo serán, mas polvo enamorado.

El tema de la supervivencia del amor después de la muerte también aparece en la poesía de Neruda. En el «Soneto XCIII» del libro *Cien sonetos de amor*, dice:

> Me moriré besando tu loca boca fría,
> abrazando el racimo perdido de tu cuerpo, y
> buscando la luz de tus ojos cerrados.

Y así cuando la tierra reciba nuestro abrazo iremos confundidos en una sola muerte a vivir para siempre la eternidad de un beso.

Otros clásicos, como Lope de Vega, poeta, dramaturgo y amante, escribieron versos decididamente condenatorios del amor: «Creer que un cielo en un infierno cabe, / dar la vida y el alma a un desengaño; / esto es amor: quien lo probó lo sabe».

## El eros en la Ilustración

Durante la Ilustración se produce un paréntesis de permisividad que hace posible la aparición de una singular corriente de poesía erótica, la que sin embargo circulaba en forma restringida.

El poeta y crítico literario Pedro Provencio, que compiló en una antología parte de la poesía erótica española e hispanoamericana, anota que los poemarios eróticos más importantes del siglo XVIII en España son *Arte de putas*, de Nicolás Fernández de Moratín —padre de Leandro, el famoso autor de *El sí de las niñas*—, y *El jardín de Venus*, de Félix María Samaniego. Ambos poemarios circularon en copias manuscritas y solo vinieron a editarse en los años setenta del siglo XX.

Provencio describe el libro de Fernández de Moratín como un extenso «poema erótico y burlesco de intenciones didácticas». Pretendía enseñar a los jóvenes la prudencia en el amor. Esta es una vieja artimaña para encubrir el eros literario con un velo pedagógico. Por su parte, *El jardín de Venus* era una colección de relatos en versos, cuyo contenido picaresco también era atenuado con moralejas, como en su famoso libro de fábulas.

## El Romanticismo

Las insatisfacciones amorosas del poeta en el Romanticismo se inscriben en el conflicto más amplio de este con la realidad, de la que intenta escapar hacia ámbitos exóticos o extraños o hacia la marginación o la autodestrucción. En el tardorromanticismo estos conflictos se atenúan y la imprecación se convierte en melancolía. El autor más conocido de esta corriente es Gustavo Adolfo Bécquer, que aun cuando evoca con nostalgia amores y momentos desvanecidos por el tiempo, también celebra la plenitud de un encuentro mínimo y leve:

> Hoy la tierra y los cielos me sonríen;
> hoy llega al fondo de mi alma el sol;
> hoy la he visto..., la he visto y me ha mirado...
> ¡Hoy creo en Dios!

## El eros modernista

En la poesía modernista (en castellano; en inglés el concepto designa otro tipo de comprensión del fenómeno poético, más parecido a la vanguardia artística) el tema del amor, en sus formas más sensuales, pasa a ser predominante. Destacan las grandes poetas hispanoamericanas, con raíces en el romanticismo: Juana de Ibarbourou, Delmira Agustini y Alfonsina Storni. Aparecen también otros temas, como la huida hacia las sensibilidades ajenas al orden burgués, la atracción por el exotismo de las culturas orientales y la evocación de los mitos clásicos. La lírica modernista canta al amor erótico y a sus exacerbaciones. Aparecen los amantes apasionados hasta lo enfermizo. La liberación del componente caótico de la energía libidinal lleva al conflicto con el orden burgués. Las vidas de algunas de las poetas de este tiempo terminan trágicamente: Ibarbourou y Teresa Wilms se suicidan y Delmira Agustini es asesinada por su exesposo. Como hace notar Provencio, en autores como Juan del Casal, José Asunción Silva, Delmira Agustini y Rubén Darío, «el erotismo deja de ser un tema para erigirse en ingrediente primordial de la poesía».

A fines del XIX y principios del siglo XX, en la poesía hispanoamericana se advierte la influencia de la poesía moderna francesa, principalmente la de los parnasianos y simbolistas. Para estos, la mujer pasa a ser uno de los misterios supremos del universo.

En el siglo XX, junto con el descubrimiento poético del eros subconsciente y de los instintos subterráneos y reprimidos de los universos oníricos y surreales, la poesía amorosa asimila los temas y motivos de toda tradición poética anterior. En buena parte de la lírica de este siglo, el erotismo deja de ser tema deliberado, ahora ya es parte de la visión de mundo del poeta. Ya casi no podría concebirse un mundo poético sin el amor y el erotismo como parte integral tanto del cosmos como del caos. Esta tendencia permea también la cultura popular. Prácticamente todos los géneros de la música popular, del relato cinematográfico y de las sagas televisivas tienen como tema casi único el amor como celebración o maldición.

Hacia los años veinte del siglo pasado, el modernismo comienza a ser desplazado por la poesía de vanguardia, en la que la expresión de amor y erotismo rompe todo tabú y se expresa en forma más libre, profunda y plural. Los amores proscritos, como los de la homosexualidad, empiezan a manifestarse sin eufemismos.

Los poetas de la generación del 27 abordan amor y erotismo con amplitud de temas y registros, por ejemplo, recuperando el cancionero popular y convirtiendo la tradición en vanguardia y la vanguardia en tradición. Así, por ejemplo, releen a poetas barrocos como Góngora y al mismo tiempo exploran las posibilidades de tendencias nuevas como el surrealismo y la exploración del mundo onírico.

Pablo Neruda fue gran conocedor y admirador de la tradición de la poesía de amor, especialmente de la hispanoamericana. Los poetas de la generación del 27 lo recibieron como uno de los suyos y celebraron y publicaron la primera edición completa de su *Residencia en la tierra*.

Entretanto, su libro *Veinte poemas...*, publicado originalmente en 1924, poco a poco iba convirtiéndose en un hito en la poesía de amor universal.

## Los *Veinte poemas...* y su historia

**********************

Eulogio Suárez apunta que en 1924 Neruda tenía escrito ya *El hondero entusiasta*, que solo se publicará mucho más tarde, en 1933. Fue un golpe rudo para él descubrir que ese libro tenía influencias del poeta uruguayo Sabat Ercasty. Hernán Loyola coincide en que Sabat Ercasty «obligó» a Neruda:

> ... a renunciar al proyecto *Hondero* y a intentar una forma más ambiciosa para *Veinte poemas de amor.* Para esto Neruda debió escribir algunos textos «integrativos» —con seguridad el «Poema 1»— y rehacer una versión embrionaria y perdida de la Canción desesperada. De esta forma, el libro habría sido tardíamente estructurado como parábola narrativa de una experiencia amorosa, que comprende desde el enamoramiento al desamor.

A propósito de esta «renuncia» al *Hondero*, el propio Neruda diría en 1964:

> Terminó allí mi ambición de una ancha poesía, cerré la puerta de una elocuencia desde ese momento para mí imposible de seguir, y reduje estilísticamente, de una manera deliberada mi expresión. El resultado fue

mi libro *Veinte poemas de amor y una canción desesperada.*

En 1960, en su «Pequeña historia» conmemorativa del millonésimo ejemplar, el poeta anota:

> El año 1923 se publicó mi primer libro (*Crepusculario*); luego me dediqué a escribir largos poemas de amor. Cambié súbitamente de orientación y me propuse escribir poesías más intensivas y breves. Muy pronto me sentí lleno de estos ritmos y terminé mi libro antes del verano de 1924, fecha en que apareció la primera edición de los *Veinte poemas de amor y una canción desesperada.*

En la «Pequeña historia» Neruda anota que fue el viejo poeta Augusto Winter, autor de *La fuga de los cisnes*, quien lo ayudó a copiar a máquina todo el libro:

> Yo insistí que este fuera copiado en papel de estraza en formato cuadrado —escribió el poeta—. También decidí que los bordes de las páginas debieran ser dentados, para lo cual el pobre don Augusto, víctima de mis caprichos, haciendo presión con un serrucho sobre el papel, dejaba cada página maravillosamente dentada.

En su conferencia «Mariano Latorre, Pedro Prado y mi propia sombra», Neruda contó que fue Eduardo Barrios quien le entregó el manuscrito al editor Carlos George Nascimento, recomendándolo con tanto entusiasmo «que este me llamó para declararme poeta publicable con estas sobrias palabras: "Muy bien, publicaremos su obrita"».

En junio de 1924, pocos días antes de que Neruda cumpliera los veinte años, apareció la primera edición de *Veinte poemas...* con Nascimento. El entusiasmo con que fue recibido por sus admiradores se opacó, en parte, por las críticas adversas de dos de sus amigos, Alone y Mariano Latorre, que además eran voces con autoridad en las letras nacionales.

En respuesta a las críticas, Neruda publicó su artículo «Exégesis y soledad», en el diario *La Nación* del 20 de agosto de 1924. En este decía:

> Emprendí la más grande salida de mí mismo: la creación, queriendo iluminar las palabras. Diez años de tarea solitaria, que hacen con exactitud la mitad de mi vida, han hecho sucederse en mi expresión ritmos diversos, corrientes contrarias. Amarrándolos, trenzándolos sin hallar lo perdurable, porque no existe, ahí están *Veinte poemas de amor y una canción desesperada*. Dispersos como el pensamiento en su inasible variación, alegres y amargos, yo los he hecho y algo he sufrido haciéndolos. Solo he cantado mi vida y el amor de algunas mujeres queridas, como quien comienza por saludar a gritos más grandes la parte más cercana del mundo.

Solo ocho años más tarde, en 1932, se reeditó el libro. Neruda preparó esta nueva edición, luego de regresar del Oriente, introduciendo importantes cambios. La tercera edición, que aparece al año siguiente en Buenos Aires, con el sello Tor, es pirata. Se reimprime en 1934, 1938 y 1940. Fue la primera edición de un libro de Neruda en el extranjero.

A fines de 1934, Neruda fue acusado de plagiar un texto en prosa del libro *El jardinero*, de Rabindranath Tagore. En una de las conferencias que dio en 1954 en la Universidad de Chile el poeta relata cómo se originó este caso:

> El «Poema 16» tiene una humilde historia que después hizo un poco de escándalo. Aquella muchacha de Temuco era una gran lectora de Rabindranath Tagore y me mandaba un viejo volumen de *El jardinero* que tenía todo marcado de crucecitas, rayas, estrellitas y suspiros. Me propuso hacer una paráfrasis poniendo en verso uno de aquellos poemas en prosa, agregándole mi propia sustancia.

Añadía el poeta que mientras se estaban imprimiendo los *Veinte poemas*... iba una noche con Joaquín Cifuentes Sepúlveda cuando recordó que este poema no llevaba una nota explicativa. Le pidió entonces a Joaquín que se lo recordara al día siguiente para pasar a la imprenta y escribir la nota, pero este le dijo que lo dejara así para que lo acusaran de plagio. Le aseguró que con el escándalo se vendería el libro que de otra forma correría la suerte de la mayor parte de las ediciones de poesía: dormir en las bodegas.

En la «Pequeña historia» el poeta reitera que sus amigos opinaban que «convenía a un oscuro poeta dar pretexto para una acusación de plagio». Esta se presentó efectivamente, pero solo nueve años después de la aparición del libro, cuando Neruda se había convertido ya en la figura más importante de la poesía chilena de ese momento. Recibió violentos ataques de Vicente Huidobro y Pablo de Rokha, entre otros.

En la edición de 1938, hecha por Ercilla, Neruda incluye una nota en que señala que «a los resentidos que intentaron aprovechar, en mi ausencia, esta circunstancia (la de la paráfrasis del texto de Tagore) les ha caído encima el olvido que les corresponde y la dura vitalidad de este libro adolescente». Luego dedicaba la edición a los amigos que habían salido en su defensa: Diego Muñoz, Tomás Lago y Antonio Rocco del Campo.

Neruda fue muy discreto cuando una y otra vez le preguntaron quiénes eran las mujeres inspiradoras de los *Veinte poemas*, no reveló sus nombres. En una de sus conferencias de 1954, dijo:

> ¿Qué sacarían ustedes con los nombres que les diera? ¿Qué sacarían con unas trenzas negras en un crepúsculo determinado? ¿Qué sacarían con unos ojos anchos bajo la lluvia, en agosto? ¿Qué puedo decirles que ustedes no sepan de mi corazón?

En *Confieso que he vivido* apunta:

> Siempre me han preguntado cuál es la mujer de los *Veinte poemas*, pregunta difícil de contestar. Las dos o tres que se entrelazan en esta melancólica y ardiente poesía corresponden, digamos, a Marisol y a Marisombra. Marisol es el idilio de la provincia encantada, con inmensas estrellas nocturnas y ojos oscuros como el cielo mojado de Temuco. Ella figura con su alegría y su belleza en casi todas las páginas, rodeada por las

> aguas del puerto y por la media luna sobre las montañas. Marisombra es la estudiante de la capital. Boina gris, ojos suavísimos, el constante olor a madreselvas del errante amor estudiantil, el sosiego físico de los apasionados encuentros a escondidas en la urbe.

En *Memorial de Isla Negra*, el poeta llama Terusa a su gran amor de provincia. Su nombre es Teresa León Battiens. Más tarde cambió su primer apellido por el de Vázquez, para llevar el del segundo marido de su madre. Volodia Teitelboim anota que en 1920 fue elegida «reina» de las Fiestas de la Primavera en Temuco:

> Neruda era el poeta de los versos premiados en honor de la soberana. La poesía los acercó. Ella se convirtió en la musa que ejercía el efecto de la bomba impelente que hacía subir el agua de la inspiración poética y a veces de la prosa enamorada.

El poeta vive en Santiago sin olvidar a Terusa, a quien escribe cartas entre 1922 y 1924. Se veían en Temuco y Puerto Saavedra. La ruptura se debió a las presiones de la familia de ella, que consideraba que Neruda era un joven de pasado y porvenir oscuros, a quien apodaban despectivamente «El Jote» por su capa negra y su sombrero alón.

Marisombra es Albertina Azócar, hermana de su gran amigo y protector, Rubén Azócar. Esto solo se supo en 1974, cuando se publicaron las cartas de amor que le envió Neruda. «La relación Pablo – Albertina surge cuando convivían en la misma sala de clases, paseaban por los corredores del antiguo edificio del Instituto Pedagógico», escribe Volodia Teitelboim.

Estuvieron juntos un año y tal vez algo más. Teitelboim precisa el día del flechazo: el 18 de abril de 1921, el mes siguiente de la entrada a clases en la universidad. Albertina Rosa se convirtió después en la esposa de otro poeta, Ángel Cruchaga, uno de los grandes amigos de Neruda.

Pero hay otras musas. En 1969, al cumplir los sesenta y cinco años, Neruda recordaba, en un artículo de la revista *Ercilla*, Puerto Saavedra, donde se encontró con «los ojos negros y repentinos de María Parodi» para quien escribió el número 19 de sus *Veinte poemas...*

Para Carlos Santander, los intentos de encontrar a las mujeres reales que inspiraron los poemas son interesantes para la biografía del poeta, pero no resuelven el problema de cómo se estructura el lenguaje para hacer posible la cristalización poética.

Se ha dicho que la mujer de los *Veinte poemas...* es terrestre, carnal y material. Roberto Salama hace notar una identificación de la mujer con la tierra y la materia. Alain Sicard, en cambio, afirma que la imagen de la mujer de los *Veinte poemas...* es la de una mujer casi inmaterial. «Es significativo que numerosos poemas pongan en escena una mujer silenciosa». Agrega que: «cuando no es el sueño es el recuerdo el que tiene el poder de hacer irreal a la mujer para no guardar de ella más que una imagen depurada, casi abstracta». Hay en el libro un hablante ideal, el poeta, el amante, quien generalmente se dirige a la amada. En la situación de este poeta amante resalta la soledad que procede del abandono. Esta soledad no trae quietud ni serenidad, sino, por el contrario, desasosiego y desesperación.

Para Sicard, el paisaje es, en los *Veinte poemas...*, «el campo en que se ejerce el misterioso poder de desmaterialización», al que la mujer y el mundo están sometidos. Hay dos elementos privilegiados en este paisaje: el viento y el crepúsculo. Añade que a lo largo de todo el libro predominan los paisajes marinos, y las dimensiones de lejanía y soledad. La bruma y la lluvia se agregan a estas lejanías, junto a una melancolía que difumina las cosas, que rompe las formas del mundo, favoreciendo el ámbito del sueño.

En efecto, los espacios del libro son siempre abiertos al viento, a la noche, al mar. Su espacio preferido es el territorio fronterizo entre la tierra y el mar: la costa, y su tiempo poético predilecto, el crepúsculo, que también es frontera entre día y noche.

Sin embargo, la noche no abre el acceso a un mundo onírico. Aparece, en cambio, como un espacio cargado de fuerza cósmica que impele al poeta a un viaje, casi siempre doloroso, hacia su propia interioridad.

*Veinte poemas...* ha provocado lecturas muy diversas. Para Raúl Silva Castro el motivo erótico es constante y la celebración de la unión corporal en los poemas de este libro viene a renovar la lírica amatoria. Mario Rodríguez señala que la mujer aparece aquí como el elemento protector contra la vulnerabilidad del yo, que busca trascender y superar el destino de la muerte. Roberto Salama identifica a la mujer con la tierra y la materia. Alain Sicard, en cambio, escribe:

> Si debemos esquematizar y reducir a una sola imagen el caleidoscopio de siluetas y rostros femeninos que presentan los *Veinte poemas...* es, por el contrario, la

imagen de una mujer inmaterial la que estamos tentados de retener.

*Veinte poemas de amor y una canción desesperada* es un libro que ha perdurado, sobreviviendo a los amantes que lo escribieron y lo inspiraron, y hasta a los paisajes y a los ámbitos en que nació. Esta vocación de perdurabilidad del libro fue constatada ya en 1960 por el propio Neruda, cuando en el prólogo de una edición francesa escribió:

> Fueron escritos estos poemas con aire, mar, espigas, estrellas y amor, amor… Desde entonces andan rondando y cantando… El tiempo les despojó de su primera vestidura, el cataclismo de Chile[1] suspendido siempre con su espada de fuego, cayó sobre Puerto Saavedra y aniquiló mis recuerdos. Entró el mar que resuena en este libro y la marejada arrolló las casas y los pinos. Los muelles quedaron retorcidos y rotos. Una ola gigante azotó las amapolas. Todo fue destruido en este año de 1960 (…) Todo… Que mi poesía guarde en su copa la antigua primavera asesinada.

1. Se refiere al terremoto de 1960 que arrasó el sur de Chile.

# Índice

*********************